Hola, soy Adrián.

¿Tu nombre es...? ____________________

¡Qué bien es ser yo mismo!

¡Puedo hacer casi todo lo que quiero!

Jennifer Moore-Mallinos
Ilustraciones: Marta Fàbrega

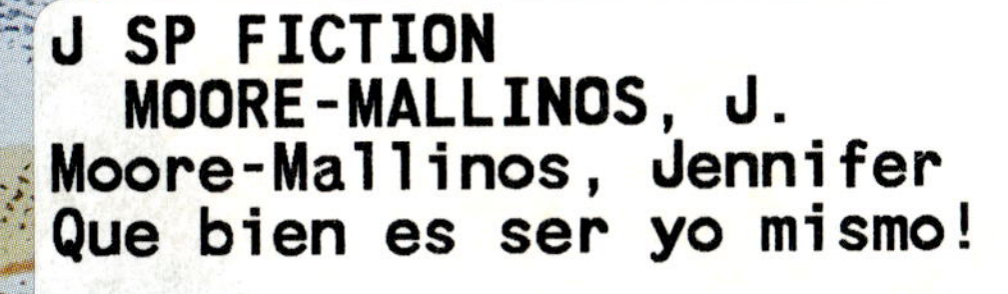

NUNCA ESTOY SOLO

No importa lo que haga o dónde vaya, nunca estoy solo. No puedo ir a ningún lado sin ella. Me acompaña a la escuela, en casa siempre está conmigo e incluso me lleva al baño. ¡No sé qué haría sin mi silla de ruedas!

NECESITO UNA SILLA DE RUEDAS

Casi todo el mundo usa las piernas para ir de un lado a otro. Como mis piernas no funcionan bien, necesito usar una silla de ruedas. Hay sillas de ruedas de diferentes tamaños y estilos. Algunas avanzan moviendo una palanquita y otras, como la mía, se mueven empujando las ruedas hacia delante o hacia atrás con las manos. Y cuando no, alguien puede empujarte.

MI SILLA DE RUEDAS ES ESPECIAL

Mi silla de ruedas es bonita, la diseñé yo mismo. Como el azul es el color que más me gusta, tanto la silla como las ruedas son de un color azul brillante. Incluso tengo unas decoraciones en las ruedas que chispean cuando me muevo. En el respaldo de la silla cuelga una bolsa especial donde llevo mis libros y todo lo demás. Incluso tengo un paraguas que puedo fijar a la silla cuando llueve.

LOS DEMÁS NIÑOS

Todos los niños de la escuela siempre me saludan y a todo el mundo le gustan mis ruedas chispeantes, pero, como saben que no puedo participar en sus juegos, no me invitan y no me queda más que mirar como ellos se divierten. ¿Será que algunos me tienen un poco de miedo porque ando en una silla de ruedas?

¡NO SOY CONTAGIOSO!

Algunos niños quizás piensan que si se acercan demasiado a mí se contagiarán con algo que tengo y sus piernas dejarán de funcionar también. O tal vez teman que no pueda seguirles el ritmo, o que me haga daño y les estropee el juego. Yo simplemente quiero ser como los demás y quiero divertirme.

UNA BUENA IDEA

Un día, después de clase, mientras estaba sentado en mi silla de ruedas mirando cómo un grupo de niños del barrio jugaba al baloncesto, tuve una gran idea. Pensé que si aprendía a usar mi silla de ruedas realmente muy bien y mis compañeros veían lo bien que lo hacía, entonces tal vez me pidieran que jugase con ellos.

PRACTICAR, PRACTICAR Y PRACTICAR

Así que eso hice. Empecé a practicar con mi silla de ruedas, yo solo, todos los días. Practicaba tanto que tuve que empezar a usar guantes para que no me salieran ampollas. Al principio los músculos de los brazos me dolían y me sentía muy cansado, pero después de un tiempo mis músculos crecieron y se endurecieron y moverme en la silla de ruedas comenzó a resultarme más fácil.

¡TODAVÍA MÁS PRÁCTICAS!

Después de aprender a mover la silla de ruedas hacia delante, hacia atrás y en círculos, tuve que aprender a pasar por las puertas sin quedar atascado y a moverme entre muebles y personas sin golpearme contra nada ni pisarle los pies a nadie. Rompí algunas lámparas y rodé por los zapatos de muchas personas, pero finalmente lo conseguí. De todos modos, de vez en cuando todavía me atasco en alguna puerta.

EL RETO MÁS DIFÍCIL

Como no podía subir ni bajar escaleras
con mi silla de ruedas, para mí era importante
aprender a dominar las rampas. Esto fue lo
que más me costó y hubo momentos en los que
estuve a punto de darme por vencido. Pero sabía
que no debía, que tenía que seguir tratando.

Subir la rampa sin irme para atrás
era complicado y los brazos se me
cansaban mucho, pero aprender a
bajarla lentamente era peligroso
y daba miedo.
Al principio me parecía imposible y
hubo momentos en que quise dejarlo
todo, pero después de practicar mucho
y librarme por los pelos de pegarme
fuerte, fui descubriendo cómo hacerlo.

TENGO MIEDO

AHORA, ¡A DIVERTIRSE!

Después de haber aprendido a moverme fácilmente por todos lados en mi silla de ruedas, llegó el momento de aprender a jugar baloncesto. Yo ya conocía las reglas del juego después de haber observado tantas veces a los niños del barrio mientras jugaban, pero nunca había rebotado una pelota ni intentado encestarla. ¡Ya era hora de que aprendiera!

¡TIRO Y MARCO!

Me puse a practicar haciendo rebotar la pelota, primero con una mano y luego con la otra. Mi padre colocó varios conos para que yo los esquivara mientras hacía saltar el balón. ¡Eso sí que era difícil! Tirar la pelota hacia la cesta y marcar un punto pasándola por el aro era la mejor parte, sobre todo cuando jugaba un partido contra mis padres. No ganaba todas las veces, pero siempre me divertía mucho.

¡ES BUENO SER YO MISMO!

Ya no me importa estar en una silla de ruedas. Sé que puedo hacer casi todo lo que hacen los demás niños y eso me hace feliz. Incluso llegué a formar parte del equipo de baloncesto de mi escuela. Ahora estoy seguro de que los demás niños no sienten miedo ni de mí ni de mi silla de ruedas, porque simplemente soy uno más.

NO HAY QUE TEMER A LOS RETOS

Es normal tener un poco de miedo a probar cosas que parecen muy difíciles de hacer y también es normal que algunas personas tengan que esforzarse más en unas cosas que en otras. Pero cualquiera que sea el reto, grande o pequeño, todos podemos salir adelante con mucho trabajo y mucha práctica.

Actividades

PONERSE EN LUGAR DE ALGUIEN

Tratar de comprender los retos de otra persona puede ser difícil, a no ser que uno se ponga en su lugar. Ponerse en el lugar de alguien significa intentar comprender qué supone ser esa otra persona. Una forma de lograrlo sería fijarnos un reto similar al que ella tiene.
¿Se te ocurre alguna forma de aprender cómo sería estar ciego? Una persona ciega se enfrenta a muchos desafíos cada día. Para descubrir algunos de ellos, y con la ayuda de un adulto, tápate los ojos con una venda (como venda puedes usar un calcetín largo o incluso una de las corbatas de tu padre) y camina por casa tratando de no darte contra las paredes o los muebles. ¡Seguro que no te será fácil! Después de haber realizado esta prueba, comenta con un amigo, con tus padres o tu maestra lo que has aprendido. ¿Qué fue lo que más te costó hacer? ¿Cómo luchaste contra las dificultades? ¿Cuáles son las cosas que hiciste para que te resultara más fácil realizar la tarea? ¿Cómo te sentiste al ponerte "en el lugar de alguien"?

BALONCESTO EN PATINETE

A todo el mundo le gusta un buen partido de baloncesto, pero ¿has intentado alguna vez jugar al baloncesto sentado en un patinete? Moverte por la cancha sentado en un patinete puede ser bastante complicado, sobre todo cuando tratas de rebotar la pelota y pasarla al mismo tiempo. Puede parecer imposible marcar un punto cuando tienes que lanzar el balón tan alto, pero ¡piensa en lo mucho que te divertirás mientras lo intentas!
¡No seas tímido, prueba a ver si puedes!

EL DESAFÍO

¿Qué actividades te gusta hacer y cuáles te resultan muy bien? Tal vez sea bailar, ir en bicicleta, subir a árboles o jugar al fútbol, pero sea lo que sea, seguro que te diviertes mucho. Para la mayoría de nosotros, hay cosas en las que somos buenos y que gozamos haciendo. Pero también hay otras que no sabemos hacer bien y en las que nos gustaría mejorar.

¿Por qué no haces una lista de todas las actividades que quieres hacer mejor? Puede ser un deporte, una forma de arte como dibujar o pintar, la lectura o incluso las matemáticas.

Elige una cosa de tu lista que te gustaría mejorar. ¿Cuál es tu meta de mejora? Por ejemplo, sacar un cien en tu próximo examen de matemáticas.

Cuando hayas decidido qué quieres mejorar, piensa en al menos tres formas para practicar y mejorar como tú quieres. Lleva un diario de tus avances y léelo cada semana para ver si estás progresando.

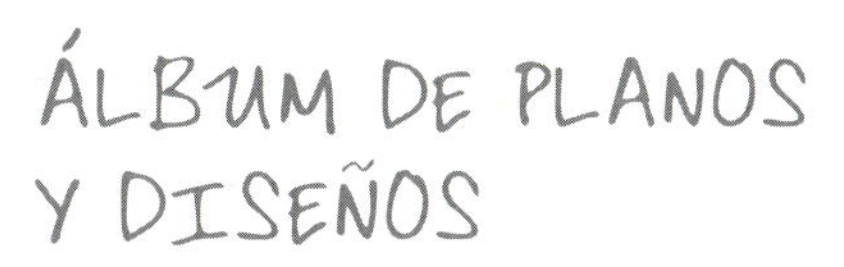

ÁLBUM DE PLANOS Y DISEÑOS

Las sillas de ruedas han ayudado a muchas personas a moverse y tener más libertad. ¡Qué invento tan maravilloso! ¿Tienes alguna idea sobre algo que pueda ayudar a las personas?

La respuesta quizás sea . . . ¡un álbum de tus propios inventos! Consigue un cuaderno, y, cada vez que tengas una idea que ayude a la gente, descríbela con detalles en tu nuevo álbum. Añade todos los detalles posibles sobre tu idea. Describe cómo funcionará el invento, cómo ayudará a los demás y qué materiales serán necesarios para fabricarlo.

Diséñalo haciendo un dibujo de cómo quieres que sea y explica tu invento a un adulto, por ejemplo, uno de tus padres. Así sabrás si tu idea puede realizarse. Pide al adulto que te ayude y a lo mejor pueden construir tu invento y ponerlo a prueba. Verás entonces si el invento hace lo que querías que hiciera. ¿Es útil para las personas? ¿Es seguro? ¡Diviértete y usa tu imaginación!

Guía para los padres

El propósito de este libro es reconocer algunas de las realidades que un niño puede experimentar cuando se enfrenta a la necesidad de usar una silla de ruedas y al mismo tiempo desea pertenecer a un grupo y ser aceptado por los demás.

Aunque esta historia se centra concretamente en un niño que está en una silla de ruedas, el mensaje general puede ser útil para cualquier niño. Todos los niños se enfrentarán a algún tipo de dificultad o reto al crecer, incluyendo su capacidad de hacer amigos, aprender a leer o practicar un deporte.

En el texto aprendimos que la perseverancia, la determinación y el trabajo son factores que contribuyen al éxito de cada persona con independencia de cuál sea el reto. Cada niño es diferente en su forma de reaccionar ante un obstáculo; algunos pueden prepararse por su cuenta para hacer frente al desafío, mientras que otros tal vez necesitan el estímulo y el apoyo de los seres queridos que los rodean.

Esperamos que tras la lectura de este libro, su hijo o hija desarrolle una mayor comprensión de las dificultades a las que otros niños se enfrentan.

Este libro se puede usar como herramienta interactiva para iniciar el diálogo y estimular la comunicación entre usted y sus hijos. Proporciona la oportunidad de reconocer obstáculos y establecer objetivos de mejoras futuras.

Para un mejor aprendizaje de la cuestión, al final del libro se proponen varias actividades. Cada una de ellas está pensada para que el niño experimente una situación estimulante concreta y al mismo tiempo tenga la oportunidad de conocer de primera mano algunos de los obstáculos que afronta a diario una persona discapacitada. Mejorar la comprensión del niño a través de experiencias de primera mano es un paso positivo hacia la paciencia y la aceptación de los demás.

Cada actividad va acompañada de una explicación y un grupo de instrucciones. Se recuerda a niños y adultos que tengan presente la seguridad en todo momento. Como se trata de un proceso interactivo, dedique tiempo a analizar la experiencia con sus hijos.

A medida que vaya leyendo y participando en las actividades, estimule a sus hijos para que compartan sus ideas y pensamientos y hagan preguntas.

Hay muchas formas de interactuar con sus hijos, y todas ellas son importantes. Dedicar tiempo a leerles no sólo es una excelente manera de compartir un momento, sino que le da una oportunidad de centrar la interacción en un tema concreto.

Como hemos visto en el texto, reconocer que existe un reto es a menudo el primer obstáculo que se debe superar. Cuando el reto ha sido identificado y se toma la decisión de hacerle frente, el siguiente paso es pensar un plan.

La etapa de planificación puede llevar cierto tiempo y requerirá la ayuda de un adulto. Puede ser beneficioso desarrollar un plan que identifique el resultado buscado mediante objetivos de corto y largo plazo. Los objetivos a corto plazo pueden incluir tareas sencillas pero realistas que sean fácilmente realizables. Las tareas que se pueden resolver en poco tiempo no sólo proporcionan un indicador rápido del éxito, sino que los niños se sentirán alentados para seguir adelante con el plan. Los objetivos a largo plazo dependerán de la edad y madurez relativa de los niños. Las tareas seleccionadas por el adulto requerirán paciencia y cuidadosa vigilancia de su parte. Cada tarea se considera como un escalón para alcanzar el éxito.

Por último, llega la hora de poner el plan en marcha y dedicarse a las tareas. Ésta puede ser la etapa más difícil porque este plan no sólo tiene que pasar a formar parte de la rutina del niño, sino que ahora es cuando comienza el trabajo duro. A veces puede parecer más fácil darse por vencido y olvidarse de todo, pero no lo haga: usted puede seguir adelante y su niño, también.

¡Buena suerte!

¡QUÉ BIEN ES SER YO MISMO!

Primera edición para Estados Unidos
y Canadá publicada en 2007 por
Barron's Educational Series, Inc.

Texto: **Jennifer Moore-Mallinos**
Ilustraciones: **Marta Fàbrega**

Dirigir toda correspondencia a:
Barron's Educational Series, Inc.
250 Wireless Boulevard
Hauppauge, New York 11788
http://www.barronseduc.com

ISBN-13: 978-0-7641-3585-9
ISBN-10: 0-7641-3585-6
Library of Congress Control Number 2006931027

Impreso en China
9 8 7 6 5 4 3 2 1